AF363844

Vente du Jeudi 21 Janvier 1864

COLLECTION DE M. *** [Bauchnikoff]

CRISTAUX DE ROCHE

OBJETS D'ART

Mᵉ Ch. **PILLET**, Commissaire-Priseur

MM. **MANNHEIM**, Experts

PARIS, IMPRIMERIE DE PILLET FILS AINÉ

5, RUE DES GRANDS-AUGUSTINS.

CATALOGUE

D'UNE BELLE RÉUNION DE

CRISTAUX DE ROCHE

OBJETS D'ART

Vase, Flacons, Tabatières et Bonbonnières, Coupes,
Croix, Lustres, Candélabres, Figurines, etc., en cristal de roche;
Matières précieuses; Très-belle Tabatière Louis XV, en or ciselé, enrichie de brillants;
Bonbonnière en mosaïque de Dresde;
Bijoux anciens, jolies Bagues, Parures, Cachets, etc.;
Orfévrerie; magnifique Tête-à-Tête en ancienne porcelaine de Saxe;
Autres Pièces en porcelaines de Saxe, de Capo di Monte et de Chine;
Sculptures en bois et en ivoire; Étoffes anciennes
et Objets divers

Le tout composant la collection de M. X***

DONT LA VENTE AURA LIEU

HOTEL DROUOT, SALLE N° 1

AU PREMIER

Le Jeudi 21 Janvier 1864

A UNE HEURE

Par le ministère de Me **CHARLES PILLET**, Commissaire-Priseur,
rue de Choiseul, 11

Assisté de MM. **MANNHEIM**, Experts, rue de la Paix, 10

Chez lesquels se distribue le présent Catalogue.

EXPOSITION PUBLIQUE

Le Mercredi 20 Janvier 1864, de une heure à cinq heures.

CONDITIONS DE LA VENTE

Elle sera faite au comptant.

Les adjudicataires payeront *cinq pour cent* en sus des enchères, applicables aux frais.

Paris. — Imp. de PILLET fils aîné, rue des Grands-Augustins, 5

DÉSIGNATION

DES OBJETS

Cristaux de roche

1 — Très-joli vase en forme de gobelet évasé, taillé à pans ;
le couvercle en dôme est surmonté d'un bouton taillé
pris dans la masse. Hauteur, 165 millimètres.

2 — Deux très-beaux flacons de forme ronde taillés à pans ;
les bouchons sont formés de fleurs de lis. Ces pièces
sont parfaitement évidées. Hauteur, 18 centimètres.

3 — Grande et belle tabatière de forme carrée à cuvette, enrichie sur toutes ses faces de sujets très-finement
gravés en guise de camées ; le couvercle, signé Klett,
représente le sujet du départ d'Ulysse ; monture à gorge
à charnière en or de couleur ciselé. Travail précieux
du temps de Louis XV.

4 — Charmante tabatière ovale en cristal de roche taillé à cuvette unie ; monture à gorge à charnière en or finement ciselé à ornements. Epoque Louis XVI. Etui en galuchat.

5 — Autre jolie tabatière ovale en cristal de roche taillé à cuvette et à ornements gravés ; monture à gorge à charnière en or. Epoque Louis XV.

6 — Autre charmante petite boîte ovale en cristal de roche taillé à cuvette et ornements gravés ; monture à gorge à charnière en or gravé. Epoque Louis XV.

7 — Charmante petite bonbonnière ronde en cristal de roche à cuvette, taille diamants ; gorge et galons en or de couleur ciselé de la plus grande finesse. Epoque Louis XVI.

8 — Bonbonnière ronde en cristal de roche à cuvette taillée à godrons, monture à gorge en vermeil enrichie de turquoises et de grenats.

9 — Coupe de forme ovale sur pied à balustre ; le tout en cristal de roche.

10 — Petit vase en forme de balustre ovale, à deux anses têtes chimériques, prises dans la masse. Travail chinois.

11 — Autre petit vase en forme de balustre carré à ornements gravés et à deux anses et socle pris dans la masse. Travail chinois ; contre-socle en bois de fer.

12 — Garniture de trois petites coupes ovales en cristal de roche taillé à canaux creux.

13 — Petite coupe de forme longue à huit pans montée sur piédouche. Le tout en cristal de roche.

14 — Croix en cristal de roche formant reliquaire et reposant sur un socle de même matière.

15 — Autre croix en cristal de roche, analogue à celle qui précède.

16 — Colonne en cristal de roche taillée à pans; elle repose sur un socle à moulures en cuivre doré enrichi de cabochons de cristal de roche et surmontée d'une boule de même matière taillée à facettes.

17 — Petit flacon de poche en cristal de roche très-bien évidé et à bouchon de même matière. Monture en argent.

18 — Flacon de forme hexagone en cristal de roche bien évidé. Monture en vermeil du temps de Louis XIII.

19 — Très-beau et grand chapelet formé de boules et d'olives en cristal de roche très-pur. Il se termine par une tête de mort de même matière.

20 — Belle poire en cristal de roche enfumé.

21 — Figurine de mandarin accroupi. Joli travail chinois en cristal de roche; socle en bois de fer.

22 — Écritoire formée par une grenouille surmontée d'une figurine d'enfant formant bouchon. Travail chinois.

23 — Autre écritoire en forme de fleur entourée de ses feuilles et branchages.

24 — Petite coupe en forme de feuille, sur laquelle se trouve un poisson et une grenouille finement gravés. Petit socle en bois sculpté.

25 — Très-joli lustre à dix-huit lumières en bronze doré, richement garni de plaquettes, boules, olives, étoiles, etc., en cristal de roche.

26 — Autre joli lustre à huit lumières, dont la monture en fer doré est entièrement couverte de cristaux de roche.

27 — Trois candélabres à six lumières richement garnis de cristaux de roche en forme de bouquets de fleurs. Celui du milieu forme pendule.

28 — Petit chapelet, formé de boucles en cristal de roche très-finement taillées à facettes. La croix, de même matière, porte quatre figures gravées.

29 — Médaillon ovale en cristal de roche gravé en creux, représentant l'Assomption de la Vierge. Monture en filigrane d'argent doré.

30 — Médaillon en cristal de roche taille cabochon, portant sur son côté plat les figures de Diane et d'Apollon.

31 — Cachet en cristal de roche, formé par une tête de dogue.

32 — Deux pommes de cannes en cristal de roche, gravées à facettes. *L'une* d'elles est garnie d'une douille en argent gravé et doré.

33 — Petit reliquaire ovale en cristal de roche taillé à rayons.

34. — Une main en cristal de roche, représentant la *Gettatura*.

35 — Deux pièces : Petite lyre et tête de mort en cristal de roche.

36 — Quatre pièces diverses en cristal de roche.

37 — Croix en cristal de roche.

38 — Fragment de bague, portant deux bustes d'empereur et d'impératrice romains gravés en relief.

39 — Deux pièces en cristal de roche : Cuvette de forme ronde et morceau en forme de prisme.

40 — Deux branches d'arbre en bronze, auxquelles sont accrochées quantités de pièces en cristal de roche.

Matières précieuses

41 — Lapis-lazuli. Jolie coupe de forme ronde, à rosace réservée au centre. Diam. 17 c.

42 — Lapis-lazuli. Écran de forme carrée, portant sur une de ses faces des rochers, arbustes etc., gravés en relief. Encadrement et support en bois finement sculpté.

43 — Lapis-lazuli. Tabatière chinoise en forme de flacon.

44 — Ambre. Groupe de chimères, très-finement sculpté. La nuance de cette pièce est celle de la cornaline. Support en bois de fer.

45 — Corail. Couteau à papier dont le manche est formé d'un très-joli groupe de figures et animaux en corail rose finement gravé.

46 — Pierre de lard. Petite jardinière de forme carré-long en pierre de lard, gravée à animaux et ustensiles divers, montée en bronze. Elle contient un bouquet garni de très-jolies fleurs de Saxe.

47 — Malachite. Un lot de quatre morceaux de malachite, parmi lesquels on remarque un morceau de grande dimension et de très-belle qualité.

48 — Malachite. Poids russe.

49 — Pierre de lard. Deux petites coupes et un flacon finement percé à jour.

50 — Lapis-lazuli. Quatre morceaux.

Bijoux

51 — Grande et belle tabatière de forme carrée à angles ar-
rcndis, en or de couleur, à sujets chinois très-finement ciselés ornant toutes ses faces ; le bec est enrichi
de brillants. Travail du temps de Louis XV.

52 — Très-jolie bague en or enrichie de roses et de deux
grenats portant incrustés et peints sur émail les
portraits de Frédéric-Auguste, électeur de Saxe et roi
de Pologne, et de sa femme la princesse Beyrouth.

53 — Très-petite bague en or émaillé en forme de cœur, ornée
d'un portrait d'homme très-finement peint. Epoque
Louis XIII.

54 — Jolie bague en or enrichie d'un vase de fleurs garni de
roses et de rubis. Epoque Louis XV.

55 — Bague en or, enrichie d'une étoile en roses.

56 — Bague indienne en or massif ornée d'une figure et d'ornements en relief.

57 — Petite bague en or ornée d'un lion couché, finement
gravé sur pierre chatoyante et de deux roses de Hol-
lande.

58 — Bague en or ornée d'un petit saphir cabochon.

59 — Bague en or enrichie d'une peinture sur émail. Chien
assis.

60 — Neuf bagues diverses qui seront vendues séparément.

61 — Jolie petite boîte à curre-dents de forme longue, en or
émaillé à fleurs sur fond vert d'eau.

62 — Charmante petite bonbonnière forme ronde en or in-
crusté de pierres précieuses. Travail très-fin de Neu-
bert de Dresde. Le couvercle est enrichi d'une
très-jolie peinture sur émail représentant une jeune
jardinière entourée d'un rang de petites turquoises.

63 — Jolie tabatière, forme coquille, en argent repoussé doré
à ornements, mascarons et oiseaux, dans le style de
Louis XIV.

64 — Bonbonnière de forme ronde en ancienne porcelaine de
Saxe, décorée de figures très-finement peintes et por-

tant l'inscription suivante : « Le cœur pour vous, les yeux pour tous. »

65 — Tabatière en émail de Saxe, représentant divers sujets tirés de l'histoire de Joseph.

66 — Petite boîte en forme de panier en argent, enrichie d'une plaque en piqué d'argent sur écaille.

67 — Boîte en forme de tortue, dont le caparaçon est naturel et la monture en argent.

68 — Deux boîtes en émail de Saxe ; l'une en forme de poisson, l'autre en forme d'oiseau.

69 — Nécessaire en caillou d'Egypte, garni de ses ustensiles. Etui en galuchat.

70 — Portrait de jeune homme. Charmante peinture sur émail et sur or, du temps de Louis XIII.

71 — Jolie parure composée d'une plaque de corsage et de deux boucles d'oreilles formées de fleurs enrichies de roses.

72 — Autre parure composée de même, en argent doré, enrichie de roses et de grenats.

73 — Plaque de corsage en argent ciselé, enrichie de roses et

d'émeraudes et ornée au centre d'une figurine d'a-
mour.

74 — Trois broches en filigrane de Gênes et perles fines.

75 — Plaque de corsage en argent doré, enrichie de turquoises
et richement ciselée.

76 — Autre plaque de corsage enrichie de grenats.

77 — Bracelet formé de coques de perles.

78 — Charmante petite croix ouvrante en or émaillé à fleurs
et enrichie d'une perle fine. Epoque Louis XIII.

79 — Deux boucles d'oreilles formées d'oiseaux émaillés et
enrichies de perles fines.

80 — Deux boucles d'oreilles anciennes, formées de rosaces en
grenats.

81 — Jolie clef de montre du temps de Louis XVI, enrichie
de roses et de demi-perles.

82 — Petit cachet, formé d'une très-petite figurine de femme
en ancienne porcelaine de Saxe.

83 — Autre cachet tournant, orné d'un caillou d'Egypte
gravé en intaille sur ses deux faces.

84 —. Cachet tournant, orné d'une médaille antique en or.

85 — Cachet tournant, orné d'une intaille sur chrysophrase. Demoiselle posée sur une feuille.

86 — Deux pièces : Croix enrichie de topazes brûlées, et cœur enrichi de roses et de rubis

87 — Châtelaine Louis XV en cuivre ciselé et doré, garnie de sa montre à double cuvette, enrichie d'une peinture sur émail: d'un cachet tournant et d'une cassolette.

88 — Petite boîte en forme de colimaçon en vermeil gravé.

89 — Boîte, formée par une corne dont le couvercle en argent est enrichi d'une topaze.

90 —. Très-petit vidrecome en argent finement ciselé à figures et ornements et parties émaillées. Travail allemand.

91 — Autre petit vidrecome en argent ciselé.

92 — Cuiller en argent doré enrichi d'ornements finement gravés et niellés.

93 — Petite cuiller à sucre en argent doré à manche d'ébène, à cloutages et losaces d'argent.

94 — Étui en galuchat, contenant un petit flacon.

95 — Deux cassolettes en argent doré : L'une en forme de cœur et l'autre en forme de vase.

96 — Tabatière carrée et plate en argent, enrichie d'une médaille en bronze doré, représentant les souverains de
la Sainte-Alliance.

97 — Deux pièces : Une noix garnie en filigrane d'argent et
une bague tartare en argent à anneaux mouvants.

98 — Petite croix en cuivre émaillé bleu à figures et ornements dorés.

99 — Modèle de lampe antique en argent. Joli travail de
Fortner, de Munich. Modèle de Pompéia.

100 — Médaillon en vermeil, contenant, appliqués sur fond de
velours, cinq petits émaux du temps de Louis XVI.
L'un deux, de forme ronde, est décoré d'Amours
d'une très-grande finesse.

101 — Médaillon contenant cinq émaux et peintures de diverses époques.

102 — Autre médaillon contenant dix peintures sur émail.

103 — Couvercle de tabatière en émail de Saxe, décoré sur
ses deux faces.

104 — Deux petits émaux ovales du temps de Louis XIII :
Saint Ermite et le Christ en croix.

Porcelaines et Objets divers

105 — Magnifique tête-à-tête en ancienne porcelaine de Saxe,
décoré de médaillons, sujets de marine, d'après les
maîtres flamands, de la plus grande finesse, avec
bordures d'or surmontées par des nœuds de ruban
vert. Il se compose de : Un grand plateau de forme
contournée, théière, cafetière, pot à crème, sucrier,
quatre tasses, deux soucoupes et deux cuillers.

106 — Autre cabaret en ancienne porcelaine de Saxe ornée
de fleurs, composée de : Cafetière, théière, pot au
lait, sucrier, boîte à thé, bol, petit plateau, douze
tasses à thé et six tasses à café.

107 — Tasse et sa soucoupe en ancienne porcelaine de Capo
di Monte, à figures en relief très finement décorées.

108 — Tasse-présentoir en ancienne porcelaine de Chine, à
feuillages et animaux en relief.

109 — Compotier en ancienne porcelaine de Chine à coqs et
fleurs émaillés.

110 — Deux pipes en ancienne porcelaine de Saxe : l'une
d'elles à paysage et l'autre à fleurs et ornements.

111 — Deux mandarins accroupis en terre entièrement couverte d'un bel émail brun. Socles garnis en étoffe.

112 —. Lampe en forme de corbeille, accompagnée de ses anneaux et chaîne de suspension. Le tout en verre de
Venise blanc.

113 — Petite corbeille en verre de Venise à anneaux mouvants
et à anses à oiseaux.

114 — Une barque en bois sculpté contenant quatre figures,
fleurs et animaux pris dans la masse. Socle en bois
de fer. Travail chinois.

115 —. Petit groupe en ivoire sculpté. Cavalier en costume
Louis XIII sur un cheval se cabrant.

116 — Buste de jeune fille, sculpture en haut relief sur
ivoire.

117 — Trousse de chasse contenant une cuiller, fourchette et
couteau, en fer bleu inscrusté d'ornements et figures
en or.

118 — Poignard circassien à manche en ivoire et à lame da-
mas. Le fourreau est garni d'argent niellé.

119 — Petite trousse chinoise garnie de ses couteaux et bâ-
tonnets en ivoire.

120 — Joli bouquet de fleurs dans un médaillon rond. Le tout
très-finement sculpté sur bois.

121 — Lot de divinités égyptiennes en terre émaillée et
bronze, et deux boîtes en laque de Chine.

122 — Très-belle boîte en marqueterie de bois rose avec ser-
rure de sûreté.

123 — Boîte à bijoux en écaille, incrustée d'ivoire et garnie
de velour rouge.

124 — Couvre-pied du temps de Louis XV en satin rose et
bleu, enrichi de figures et fleurs finement brodées à
la main.

125 — Châle tartare. Etoffe orientale fond rouge chiné et tissé
d'or à rosaces.

126 — Un autre pareil.

127 — Une jupe ancienne en tissu fond rose lamé d'or. Epoque Louis XV. (Or fin.)

[illegible]
[illegible]

[illegible]
[illegible]

[illegible]
[illegible]

[illegible]
[illegible]
[illegible]

[illegible]
[illegible]

[illegible]

[illegible]
[illegible]